청어詩人選 74

나무의 시뮬레이션

| 김병손 시집 |

청어

나무의 시뮬레이션

김병손 지음

발행처 · 도서출판 **청어**
발행인 · 이영철
기 획 · 이설빈 | 김홍순
영 업 · 이동호
편 집 · 김영신 | 방세화
디자인 · 오주연
제작부장 · 공병한
인 쇄 · 두리터

등 록 · 1999년 5월 3일(제22-1541호)

1판 1쇄 인쇄 · 2010년 9월 20일
1판 1쇄 발행 · 2010년 9월 30일

주소 · 서울시 서초구 서초동 1588-1 신성빌딩 A동 412호
대표전화 · 586-0477
팩시밀리 · 586-0478

블로그 · http://blog.naver.com/ppi20
E-mail · ppi20@hanmail.net
ISBN · 978-89-94638-07-2 (03810)

나무의 시뮬레이션

| 시인의 말 |

비 오는 날에는 나를 더욱 선명하게 볼 수 있습니다.
어느 곳에서든 나를 따라다니는 또 다른 나,
흙탕물에 비춰지기도 하고
투명한 버스 창문이나 검은 도로 위에서도
오랜 시간 지치지 않고 따라다닙니다.
시를 쓴다는 것은 비 내리는 거리를 걷는 기분이었습니다.
집요하게 따라다니던 나 그리고 시,
그러나 나의 상처를 어루만져주고
거듭나게 하는 어머니의 손길이기도 하였습니다.

나무에 혀가 있고, 흐르는 시냇물에 책이 있으며,
돌 속에 설교가 있다고 셰익스피어는 말했습니다.
내가 듣지 못한 자연 속의 언어들과
아직 깨닫지 못한 삶의 모습들과
낮은 곳에서 살아가는 풀뿌리들의 모습을
진솔하게 담아내지 못했습니다.

이제 내게 또다시 남겨진 건 백지 한 장…

김병손

존재에 관한 탐구와 성찰이 돋보이는 시

김년균 (시인·한국문인협회 이사장)

김병손 시인의 시를 읽으면 가슴속 깊이 묻어놓고 있는 고뇌와 아픔과 꿈이 만져지고, 느껴진다. 작품 속에서 어떤 느낌을 갖는다는 것은 흔치 않다. 주제가 선명한 두 시간짜리 긴 영화를 감상하고 희열을 얻기는 쉽지만, 사유(思惟)가 함축된 짧은 시의 행간에서 명확한 메시지를 읽어내고 진리적인 소득을 얻기는 어렵다.

시력(詩歷)과 조화된 성찰이 깊거나, 깊은 불심으로 수행 정진한 깨달음이 표출될 때에만 가능한 일이다.

오서산에 올라 막걸리 한 잔에
낯 붉어 단풍이 드니
보인다

삶은 낮은 자세로 멀리 있는
숙련된 시간들을 기다려야 한다는 것

짧은 기다림에 지친 나는
하늘 가까이 올라
슬픔과 혼합된 한계를
억새가 흩어지는 골짜기마다 풀어놓는데

산은 가을바람에 찰랑이던
화려한 묘사들을 모두 털어내고
나무의 잎맥을 타고 흐르던 찰랑이던 물소리와
새들의 날개에 맴도는 공명과
시간의 내재율까지 하얗게 쌓아가고 있었다

– 「오서산」 전문

　김병손 시인은 시를 맛깔스럽게 쓴다. 표현 또한 자신만의 색깔을 지녔다. 산 위에서 막걸리 한 잔을 마시고 얼굴 붉어진 현상을 단풍이 들었다고 말하고 있고, 깨달음을 표현하는 감성도 서정적이다. 가을 단풍이 들기까지 오랜 시간 기다리듯, 이 세상의 모든 일이 숙련된 시간들을 거쳐야 한다는 자연의 법칙을 차분한 목소리로 외치고 있다.
　시인의 표현대로 시간이 흘렀다고 해서 그냥 낙엽이 물드는 것은 아니다. 크고 작은 바람에 흔들리기를 수없이

해야 하고, 뜨거운 태양빛 아래 노출된 나무는 지독한 열기를 견디는 인내가 있어야 한다.

숙련된 시간들을 기다리지 못한다면 자연이나 인간이나 무엇을 성취할 수 있을 것인가?

2연에서 시인은 인내하지 못하는 자신의 한계를 골짜기마다 풀어놓으며 산행을 즐기고 있다. 아마 그날은 솜털처럼 가벼운 발걸음으로 하산하였을 것이다.

좋은 시를 쓰기 위해서는 첫째는 바로 보아야 하고, 둘째는 깊이 보아야 한다. 바로 보지 않고서는 깨달음이 없고, 깨달음이 없다면 명상도 없을 것이다. 작품 속에서 느껴지는 여운 또한 없을 것이다.

기독교이든 불교이든 종파를 떠나서 올바른 신앙의 길을 걷기 위해 몸부림치는 사람들을 나는 좋아한다. 그들의 작품에는 어둠을 밝히는 등불이 반짝이고, 사랑을 노래하는 향기가 진동하기 때문이다.

> 각원사에는 흔하게 볼 수 있는 목련도
> 사찰을 찾아온 사람들을 위해
> 흰빛 고운 색으로 축원문 총총 적어
> 법당 안으로 들어가는 바람에게 전하고 있었지요
>
> ─「각원사」 부분

이 시의 결론을 읽으면서 시 짓기의 기교에 대하여 생각해보았다.

시는 표현하는 기교에 따라서 품격이 결정된다.

'목련이 축원문 총총 적어 법당 안으로 들어가는 바람에게 전하고 있었다'는 표현은 참으로 오묘하고 아름답다.

바람과 사람을 동일하게 다루고 있는 결론에는 깊은 불가(佛家)의 진리와 존재에 관한 탐구가 함축되어 있다. 사람은 누구나 바람결에 왔다가 바람같이 사라져간다. 번뇌 속에서 신음하며 탐욕의 사슬에 묶여 있는 독자들에게, 불교적인 각(覺)과 깨달음을 선물하는 유익한 시집이 될 것 같다.

시집 상재를 진심으로 축하드린다.

c·o·n·t·e·n·t·s

1

비워두는 자리

〈서문〉존재에 관한 탐구와 성찰이 돋보이는 시 – 김년균 · 6

가을 길 · 15 ┃ 우편함 · 16 ┃ 귀뚜라미 소리 · 18 ┃ 계화차 · 19
까만 안경 · 20 ┃ 별들이 반짝이는 밤 · 21 ┃ 다듬다 · 22
멈춰진 시계는 살아난다 · 23 ┃ 불혹, 혹은 마흔 · 24
비워두는 자리 · 25 ┃ 서산 동부시장 · 26 ┃ 숨은 꽃 찾기 · 27
가을 · 28 ┃ 꽃밭에서 · 29 ┃ 슬픔이 돌아 나오는 골목 · 30
낙화 · 32 ┃ 청춘은 · 34

2

꽃잎에 쓰는 연서

부부 · 37 ┃ 개나리꽃 · 38 ┃ 님은 먼 곳에 · 39 ┃ 봄눈 · 40
배꽃 보러 · 42 ┃ 제야(除夜) · 43 ┃ 비가 · 44 ┃ 꽃잎에 쓰는 연서 · 46
해장국집에서 · 48 ┃ 재래시장의 코다리 · 49
치자 꽃향기는 바람에 흩어져 · 50 ┃ 폐선 · 51
홍역 · 52 ┃ 흑백사진 · 53 ┃ 추억 · 54 ┃ 연 · 55

3

나무의 시뮬레이션

강낭콩 다섯 알 · 59 ┃ 경작(耕作) · 60 ┃ 오래된 삶 · 61 ┃ 단풍 · 62
만물 · 64 ┃ 오서산 · 65 ┃ 산수유 꽃 · 66 ┃ 나무의 시뮬레이션 · 67
살구나무 · 68 ┃ 석류 · 70 ┃ 손금 · 71 ┃ 선인장 · 72 ┃ 오월에 · 73
일탈을 꿈꾸는 나는 무거운 날개를 가졌다 · 74
장가계(張家界) 가는 길 · 75 ┃ 지팡이 · 76
우영이에게 · 77 ┃ 재방송 · 78

4 선돌마을

고구마밭에서 · 83 | 선돌마을 1 · 84 | 선돌마을 2 · 86
선돌마을 3 · 88 | 설날 아침에 듣다 · 90 | 어머니 91
장날 · 92 | 뚝배기 · 94 | 새벽 다섯 시 · 95
수세미 · 96 | 아버지의 집 · 97 | 이팝나무 아래서 · 98
쥐불놀이 · 99 | 큰집 · 100 | 각원사 · 102

5 시인의 집

새 · 105 | 내 나이를 말한다면 · 106 | 단추와 나 · 108
딸이 페미니즘에 대해 묻다 · 109 | 박제가 된 시(詩) · 110
감자를 받으며 · 112 | 사슴벌레 · 114 | 성불사 · 115
살구꽃 · 116 | 석양에서 · 118 | 시인의 집 · 120
이유 · 121 | 장마 · 122 | 편두통 · 123
일출 · 124 | 내 안의 숲에서 · 126

〈서평〉 불혹의 노래, 사유(思惟)의 깊이와 여백(餘白)의 조화,
　　　 그 목소리 – 손희락 · 127

• • • • • • 나무의 시뮬레이션

비워두는 자리

바닷가에서 껍질뿐인
소라를 주워
수족관에 넣어두었는데
금붕어가 들숨날숨하며
제집 삼아 살아가는데
때로는 들썩이는 물결을 피해
꼼짝하지 않고 머물기도 하는데

 ・ ・ ・ ・ ・ ・ 나무의 시뮬레이션

가을 길

가을에 취해
낙엽을 밟는 길은
멀고 먼 회상의 길이지
울컥울컥 되살아나는
그리운 얼굴이 있고
다 토해내고 싶은 추억도 있지
삶은 끝없이 비워가는 작업
욕망의 덩어리 다 버리고 나면
다시 채워지겠지

가을에 취해
집으로 가는 길은
인생의 길이지
불혹의 세월,
갈 곳 없이 거리를 방황하는
붉은 낙엽이 되기도 하고
아슬아슬 매달린
나뭇잎이 되기도 하지만
골 깊은 상처를 보듬으며
살아가는 것이 삶이지

가을에 취해 돌아오는 길은
심오한 추억을 밟는
인생의 길이지

우편함

유쾌한 아침이네요
절거덕절거덕 먹빛 춤사위가 찍힌
우표들이 먼 거리를 동행했군요
공원의 비둘기집 같은
사막의 흰개미집 같은
닫힌 문들이 많지요
은빛 스테인리스 문은 차고 딱딱하며
출구와 입구가 공존해요
바닥에 겨울바람 한 장 깔아놓은 이곳은
희망과 절망이 공존하는 자웅동체 방이에요
때로는 민감한 비극이 들어와
희극과 같은 모습으로 맑은 소리를
허공에 매달고 가지요
오늘은 코브라의 혀처럼 길어진
슬픔이 묻은 손을 내밀기 전에
종려나무 숲에서 자란
파란 바람을 먼저 보내세요
휴대전화 납부 고지서 두 통
과속 범칙금 한 통
카드 독촉장 한 통
강렬한 잉크 자국을 살짝 식혀줄게요

좌우대칭 중심 잡으며 계단을 걸어가는 당신
걱정하지 마세요
봄날에 피어날 태초의 희망 빛
각진 모서리마다 날개처럼 달아놓았어요

귀뚜라미 소리

푸르른 시간을 가지 끝에
매달고 있는 살구나무를
풀벌레가 안고 있다

여름을 쓸어낼 때마다
파르르 떨고 있는 나무를
작은 몸과 날개를 비벼
감싸고 있는 풀벌레

멀리서 보면 아마도
나무가 잎을 내려
풀벌레를 토닥이는 듯하지만
계절 속에서 열매를 키우며 예민해진
그 큰 나무를
맑은 소리 어둠에 풀어
충분히 포옹하고 있는 것이다

가슴이 하얗게 닳아버린 나도
벽을 타고 올라오는 맑은
그 소리를 한자리에서
오래오래 휘감고 있다

계화차

꽃향기가 방 안을 채우는 동안 계림의 양고기 타는 냄새에 취했던 기억이 떠오르는 것은 침묵이 너무 단단해서다 침묵처럼 달은 너무 추상적이다 달의 계수나무 아래서 방아 찧는 옥토끼가 산다는 말도 얼음처럼 차갑고 잠시 반짝이는 말이다 땅 위에 서 있는 나무들은 털 많은 송충이와 굼벵이가 사로자며 날아오르기 위해 준비하는 어린 새가 울음 상자 속에 존재한다 그들은 고통이 쉽게 끝나지 않는 백사시옹*을 연주하며 웅크리고 있다 희망을 준비하는 함인된 세계, 본질적인 가난에서 멀리 날아가려고 파란 휘장을 날개처럼 펼치고 있는 연변 아이들은 자신이 따낸 꽃이 습기를 거두는 시간보다 더 많은 시간을 계수나무 그늘에서 산다 다관에서 다종으로 옮겨진 계수나무의 꽃그늘이 하얗게 피어난다 우아하게 차를 마시는 동안 나도 달처럼 차갑거나 추상적이거나 관념적이다

*백사시옹 : 프랑스 작곡가 에릭 사티가 작곡한 곡으로, 1분의 연주 분량을 840번 반복해서 연주하는 곡. 연주 시간은 13시간 36분이다.

까만 안경
― 모함(謀陷)

세상이 실타래처럼 엉키면서
사람의 눈에는 색이 생겼지
삼라만상을 다른 색으로 보는
또 하나의 눈
산, 바람, 바다는 안경을 쓰지 않지
꽃, 다람쥐, 노루도
또 하나의 눈을 갖고 있지는 않지
자신의 모습에 맞추어
자신의 생각에 맞추어
또 다른 눈을 갖는 것은 사람뿐
색이 있는 유리로 사람을 보기에
때론 자신의 의지와는 다르게
다양한 색으로 바뀌고 말지
유행처럼 주변을 또 다른 색으로 물들이는
사람과 사람들
투명하게 세상을 바라보는 맑은 눈을 꿈꾸지

별들이 반짝이는 밤*

생레미 마을엔 별들도 장미가 된다
밤이면 활짝 피어나는 노란 장미
혹은 오렌지빛 장미
사람들은 익숙한 지붕과 나란히 어깨를 기대며
길에서 좀처럼 일어나지 않고
모깃불 연기를 피하며 감자를 구워 먹거나
마당에 밀짚 멍석을 깔고
할머니 무릎에 누워
세상에서 가장 아름다운 빛들을 바라보며
도깨비 이야기를 들을지도 모를 일이다
언덕 위의 삼나무가 장미꽃으로 변한
별의 발끝을 짚으면
탱탱하던 밤하늘이 마을에 내려와
상처를 주고받은 손과 손에 장미꽃으로 핀다
나 저 따뜻한 것들이 활짝 피어나는 밤하늘을
자꾸만 복사하고 싶어진다

*별들이 반짝이는 밤 : 빈센트 반 고흐 作. 73.7㎝×92.1㎝. 뉴욕 현대 미술관

다듬다

이층 미용실에서는
물컹한 시간의 바퀴를
굴리며 지나가는 사람들과
헝클어진 나를 볼 수 있다

세월의 뿌리처럼 길게 갈라지고
풀어진 실타래처럼 얽히고설킨 인연의 뿌리
오늘은 곱게 빗어
예리한 금속으로 잘라낸다

길 위를 걷는 사람들 머리 위엔
메밀꽃처럼 자잘한 햇살들
수많은 선으로 채워지는 소묘처럼
자신을 닮은 인연을 만들어가고 있다

잘라낸 시간들이 쓸려나가면
허전하고 낯선 나를
오래오래 품고 있을 것이다
가을이 이 길을 다 빠져나갈 때까지

멈춰진 시계는 살아난다

시장 골목에
페인트 냄새가 이사를 왔다

쫓겨나듯
열 평의 공간을 빠져나온 괘종시계
빗방울에 씻은 얼굴이 투명하다

단단한 벽에서
타인의 시간을 맞추며
에돌아왔을 시계

가야산 깊은 골짜기에서
피웠을 향기로운 꽃
바람결에 춤추었을 잔가지
유년의 기억들까지
모두 털어내고

허방 짚으며 앉은 길에서
시간도 소리도 멈추고
오롯이 자신의 시간을 맞추고 있다

골목을 돌아서 오는
햇살 한 트럭 바라보며

불혹, 혹은 마흔

시리다, 하면서
한 번도 녹이지 못한 기억이
긴 겨울의 밤길
꽃잎처럼 포개진 눈밭을
저벅저벅 걸어 나온다
눈이 쌓이는 아침
토굴 같은 방이 싫다며
그녀는 영화를 보자고 한다
버스를 기다리는 시간에
영화 상영시간은 흘러가고
그녀를 만난다는 것이
예정된 시간임을 알면서도
하얀 슬픔의 파편을 밟고
삼킬 수도 뱉을 수도 없어
날마다 자신을 찌르며
작아지는 탱자인 양
메말라가는 감성을 여민다
마흔의 허허로운 벌판에서
겨울을 보내는 그녀와
따뜻한 불빛 속에서도
자꾸만 한기를 느끼는 나
망망대해를 빠져나오는
영화 속에서 또 다른 나를 만난다

비워두는 자리

경주 박물관 잔디밭에는
시간을 촘촘히 걸어가며 나란히 서 있는
머리가 없는 석불님이 계시는데
우리 가족은
머리를 차례로 올려가며
사진을 찍는데, 아마도
그 석불님은 속세에 있는
자신의 모습을 확인해보라 하시는데

바닷가에서 껍질뿐인 소라를 주워
수족관에 넣어두었는데
금붕어가 들숨날숨하며
제집 삼아 살아가는데
때로는 들썩이는 물결을 피해
꼼짝하지 않고 머물기도 하는데

나를 비워 누군가 여유롭게 머물 수 있는
자리를 마련해준다는 것은
오랜 시간 바람의 회초리에
햇살처럼 부서지며
미륵불이 된다는 것인데

서산 동부시장
— 태안 기름 유출, 1년이 지나고

청호반새 둥지 같은 골목골목의 시장
냉기를 줍고 앉는 할머니
바다를 조금씩 나누어
끌어안고 있는 아주머니
어부가 낚아온 가벼워진 바다를 팔고 있지
세상과 통하지 않는
두꺼운 벽을 쌓고 있던 바다가
스멀스멀 세상 밖으로 나오기 시작하면서
시장은 증기기관차 소리처럼 요란하게
투명한 날개를 펴고 있다
따뜻한 손과 손들이 추운 바다를
기억 속에서 불러오면
시장은 플라나리아처럼 자르고 잘라도
다시 싱싱하게 꿈틀거린다

숨은 꽃 찾기

도서관에서 책장을 넘길 때마다
맑은 창문에 걸리던 꽃
식물백과사전에 또박또박 박힌다
산딸나무
모시나방의 날개 같은 하얀 꽃잎은
이름을 부르자
온몸을 움직이지 못하는 박제가 된다
할미밀망, 동자꽃, 부처꽃
각인되어 슬퍼지는 이름들을
여배우의 이름인 양 한 조각씩 떼어내며
꽃을 피우고 지는 것이 꽃의 습성이라고
함부로 단정 지으며
꿈결처럼 그려지던 그리움을 상실한다
흔적을 지운 꽃은 어느 순간
푸른 펜촉을 매달고
나를 꼼꼼히 읽어 가는데
이름 얻는다는 것, 참으로 두려운 일이다

가을

길 위에 나뭇잎 하나
팔딱거리는 거야
어디를 가는지
대답도 없이
흘러가고 있는 거야

아침마다
같은 보폭으로 걸어가는
나를 향해
목적지가 어디인지
수족관 전어들이
묻고 있는 거야

발밑에서 가을이
자꾸만 울고 있는데
그래서
가을에 가장 많이 넘어지는데

바람의 방향과는
상관없이
어제와 같은 길을
걸어가야 하는 거야

꽃밭에서

1
얼굴에는 살아온 길이 보인다는데
저 환하게 웃는 능소화
눈치 보며 피멍 들며
참죽나무 높은 곳까지
숨차게 오르면서도 한 점 내색조차 없네

2
작던 씨앗들이 어느새 꽃밭을 환하게 바꿔놓았네
벌이 날아오고 나비가 날아오고
부지런한 삶들이
씨앗을 쓰다듬으며 보듬으며
한 세월을 일 년처럼 하루처럼 살았겠군

3
분홍색 양산을 쓴 할머니와
모자를 쓰고 빠른 걸음으로
요구르트를 들고 뛰어가던 여인이
꽃밭 앞에서 인사를 나눕니다
그리고 잠시 꽃밭을 봅니다

슬픔이 돌아 나오는 골목

1. 빵집

냄새에도 분열과 화합이 있다
붕어빵과 바게트가 마주 보며
팽팽하게 부푼 모습을 나란히 진열하고 있는 골목에서
일렁이는 공복은 황홀한 혼돈이다

2. 세탁소

감싸고 있던 몸을 벗어 나온 수많은 옷이
타르초*처럼 바람의 골목에서 펄럭인다
간혹 그들은 작은 화분에 발이 묶인
치자 향기로 말을 걸곤 하는데
그럴 때마다 불경 같은 기침이 새어 나온다

3. 골목

세탁소 옆 전봇대엔 쓰레기봉투들이
내장을 드러낸 채 누워 있다
종이나 병을 모으는 노인들이 지나간 흔적이다

가끔 그분들은
아이들이 쓰던 책들을 낡은 유모차에 싣고 가는데
시들이 빼곡한 월간 문예지를 슬쩍 끼워 넣는다
내 시가 가장 유용하게 쓰이는 순간이다

4. 아이들

책가방이 궁금하다
저 묵직한 가방 속에서 어떤 낱말들을 찾을 수 있을까
자판기 이백 원을 넣고 버튼 하나로 뽑아내는 것이
희망이라면 이 긴 골목은 얼마나 빛이 날까
슬픔이 돌아 나오는 골목에서
얼음 같은 아픔을 녹이려
꺼진 난로에 발바닥을 붙이고 있는 녀석들
나의 늦은 하루가 시작된다

*타르초 : 티베트의 성스러운 장소에서 불경 구절을 적어 넣은 형형색색의
 천을 끈으로 이어 매다는 것

낙화

달팽이 껍질처럼 얇은 수저로
여린 살점 북북 긁을 때마다
하얀 똥 질러대던 감자알처럼

봄꽃
새벽의 경계가 굳어 있는
버스 정류장에서
밥상 크기의 공간에 뿌리내리며
하얗게 아찔한 순간들 배변하고 있다

거침없는 꽃들의 물초 시위는
나의 초라한 출근길을 지우고
물결치던 생각의 봄도 지우고

불현듯
나도 한 번쯤은
오랜 세월 소장과 대장의 굴곡에서
썩어가는 움츠러든 말
다 쏟아내고 싶다는 몽상을 한다

애면글면하며 눈치 살필 일 없는
차가운 봄비에도 주눅 들 일 없는
일 년에 꼭 두 번은
홀가분해지는 저 꽃나무
그들
오늘은 참으로 시원하겠다

청춘은

지나온 숲길에 피었던 꽃
기억하고 있는지
연보랏빛으로 떨어진 꽃잎은
누군가 벗어놓은 이름이라는 것을
걸어오고 걸어가는 길에서
나선으로 둘둘 말린 달팽이가
기억을 갉아먹고
어제와 같은 모습으로
머무를 수 없는 시간 속 공간에 앉아
소리들을 채집하고 있지
유리문이 열리면 밀려드는 길 위의 소리들
그 소리들을 줍고 있지
걷는 것이 느려지면
주변의 풍경은 더욱 선명해지고
소리까지 또렷해지고
병원 대기실에서
아이의 울음과 오토바이 소리와 구급차 소리
연인들의 속삭임 소리
푸른 길에서 피었던 기억까지
더듬어 찾고 있지
숲을 이루던 꽃이었다는 것
언제까지 기억하게 될까

2

꽃잎에 쓰는 연서

만발한 꽃잎들이
한 번의 기침으로
와르르 떨어져 내리듯
꽃이 지면
나의 작은 상처도
여린 모습도
기억하지 않기를 바랄 뿐

• • • • • • 나무의 시뮬레이션

부부

모여 있는 젓가락을 닦으며
어느 것에 짝을 맞추어야 할지
고민하게 된다
같은 길이로
같은 모양으로
결국, 길이와 모양이 같아야
원하는 것을 집을 수 있다는 것
작은 상처들로 둥글어진
젓가락을 보고 알게 되었다
처음에는 각진 모습으로
서로 부딪히며 소리 내기도 하고
서로의 사랑 길이를 재보기도 하다
하나의 이상을 향해
이십 년을 나란히 발맞추다 보니
서로의 숨결까지도 닮아 있는
모습이 되었던 것이다
하루에도 몇 번씩
젓가락으로 삶을 집으면서도
젓가락 논리를 종종 잊고 살아간다

개나리꽃

착란이 생긴 날이다
잊을 수 있다고
멀리 갈 수 있다고
널 떠나던 그 어느 날
사이다처럼
입안 구석구석 찌르던 이름을
더 이상 사랑하지 않겠다고
걸어가고 있는 뒷모습에
포달을 하고 말았다
겨울을 빠져나오는 동안
반성하고 비굴하고 늙기도 하며
참고 견뎌온 날들
불멸의 별빛을 그리며
제 몸속으로 활시위 당기는
꽃이 되었다
네가 고백하던 에움길에서
곱슬머리에 청바지
그 모습 말끔히 씻어내려고
봄비 내리는 날이면
노랗게, 샛노랗게 몸살을 앓고 있는
꽃으로 피었다

님은 먼 곳에
― 슬픈 영화는 오늘을 기록하는 일기가 된다

아무리 짧은 순간일지라도
선명한 장면은 오래 기억된다

사람과 만나는 일도 영화처럼
지우려 해도 또렷이 가슴에 새겨지는 순간이 있다

봄눈

움트는 가지 위에
백설이 내려앉은 것은
지난겨울을 기억하라는 것이다

손가락 사이로 간간이
떨어지던 은빛 동전에
찬바람 덮고 간이역에서 누웠던 사람
굶주렸던 사랑을 잊지 말라는 것이다

세월의 단순한 유로를
잠시 멈춰
품었던 그리움의 흰빛을
오래도록 간직하라는 것이다

첫눈의 설렘을 마음에 새기며
살며시 스며드는 따스한 봄볕을
시나브로 맞이하라는 것이다

아쉬웠던 것이다
함께했던 시간들을
너무 쉽게 잊어가고 있기에

기억하라고
겨울이 일깨워주는
속 깊은 사랑인 것이다

배꽃 보러

조직검사를 받고
지루한 시간들이 줄다리기하는 날에
하얀 꽃길로 함께 가자고
퇴근하던 발의 방향을 바꿔
당신이 근무하는 학교로 갔지요
젖무덤처럼 부드러운 곡선의 언덕은
달빛을 촘촘 묶어놓은 듯
환하게 빛났지요, 눈이 부셨지요
가지를 길게 뻗어
서로를 토닥이는 배꽃 터널 속에서
당신의 음 낮은 노래와 꽃향기가
밤하늘이 손잡고 걸어온 은하수처럼 출렁이어서
하염없이 멀어져만 가는
꽃다운 봄이 서글펐지요
당신의 어깨에 앉은 배꽃처럼
우리의 삶도 저렇게 환하고
계절마다 성장하는 아름다운 모습으로
누군가를 쉬게 하는 그늘을
만들 수 있다면 얼마나 좋을까요
꽃잎이 떨어질 때마다
그 아픔을 숭고하게 완성하는,
강물처럼 더욱 깊어지고 더욱 넓어지는
그런 배꽃 피는 나무이면 얼마나 좋을까요

제야(除夜)

섣달그믐
눈썹이 하얗게 센다기에
재가 차오르는 화롯가에서
눈 비비며 있었지
푸르른 밤 지새우다
물 담아 놓은 세숫대야
은빛의 별들이 그득히 떠다니어
차마 얼굴 씻지 못하고
별 하나하나에 아직 남아 있는
초승달 모양의 봉선화 꽃물
물속에 살짝 담그며
뜨지 않는 달을 그려 넣었지
첫 닭이 울 때까지
소망을 그려보다 잠이 드는
섣달그믐 밤
사라지는 것이 아닌
다시 시작되는 밤이지

비가

1
존재하는 것은 눈물이다

2
산다는 것은 지나온 삶들이
빗줄기처럼 연결되는 것이다

3
투명한 추억들이 거리를 튕기며 연주한다
나는 고립된 공간에서
빗방울에 마음 부서지는 소리를 듣는다

4
고립은 자전처럼 반복된다
이젠 충분히 익숙해야 한다

5
물끄러미 사과 꽃을 생각한다
향기가 여무는 푸른 껍질 속에서
사과는 꿈을 꾸고 있을 것이다

6
멜로디 없이 연주되는 시간의 고리에
살아가는 소리들이 차단된다
悲歌 내리는 날이다

꽃잎에 쓰는 연서

꽃이 피어나는 봄날
사랑하던 이에게
어느덧 중년이 된 여인이
능숙한 글 모양새로
초대 글 몇 줄 쓰는 것도 좋으리

만발한 꽃잎들이 한 번의 기침으로
와르르 떨어져 내리듯
꽃이 지면 나의 작은 상처도
여린 모습도 기억하지 않기를 바랄 뿐

꽃그늘을 배경으로 사진을 찍어주던
그 사람이 건너온 세상도
사진 속의 주인공인 양 웃어 보이던 나도
들썩이며 지나가는 세월은 마찬가지

꽃그늘 아래서
꽃잎에 새겨진 맑은 연서들을
한 잎 한 잎 모두 읽어 보았으니

아쉬움도 슬픔도 그리움도
모두 훌훌 떨어졌으니
올봄 꽃구경은 참으로 잘한 셈이네

가는 봄 아쉬워 눈물 흘리는 사람
등불처럼 환한
꽃그늘에 초대한다면 참으로 좋으리

해장국집에서

손바닥 같은 플라타너스 잎이 떨어져
내려앉은 늦은 가을
뼈다귀 해장국을 시켜놓고
걸쭉한 국물에 녹아난
시인의 삶을 이야기 삼아
독하게 올라오는 소주를 마신다

자갈이 길게 풀어진 철로 위엔
물뱀인 양 기차가 바다를 향하고
시작도 끝도 보이지 않는
빈 철로엔 습관처럼 가을이 가고 있다

철로가 보이는 해장국집에서
수필을 쓰는 그녀와 시를 쓰는 나
세월을 풀어 후루룩 마시면
시원히 씻기는 그리움의 덩어리들
제 살을 녹여 다 내어주고
뼈다귀로 남겨진 시인의 인생처럼
오늘 난 누군가를 위해 살아가고 있는지

재래시장의 코다리

바람이 오고 가는 재래시장
좌판에 누워서도 바다를 버리지 못해
푸른 끈 입에 물고
하루를 또 하루를 더 기다리고 있는 코다리
가득 채워져 있던 시간들이
빠져나간 공제(空諦)*의 몸이던가
물속을 헤엄칠 때마다
푸른 별 부서지는
소리를 냈던 가시가
간간이 들리는 상인의 소리를
통과시키고 있다
쨍쨍한 해연풍에 달라붙어
작은 물살도 일으키지 못하는
까맣게 타버린 등지느러미
저 말라가는 코다리 속엔
아직도 동해의 물결이 흐르고
노을빛 해조음이 출렁인다

*공제: 삼제의 하나. 만물은 모두 인연에 의하여 생긴 것일 뿐, 어느 것도
  실(實)은 없고 공(空)이라는 진리를 이른다.

치자 꽃향기는 바람에 흩어져

세탁소 앞을 지나다가 치자 꽃을 보았네
같은 시간
같은 곳을 지나면서
그냥 지나쳤던 꽃
삼 년이 지난 시간에
발길을 멈추었네
시간이 멈추었네
그동안 꽃향기도 바람에 흩어져 투명하였네
이 골목에선 나를 또한 찾을 수 없었네
오늘 난
내가 지나쳤던 모든 순간들이
애타게 찾던 그 어떤 시간과 공간들이
늘 곁에 머무르고 있을지도 모르는 일이라고
생각하였네
다만 찾지 않아 볼 수 없을 뿐이라고 생각하네

폐선

시간이 멈춘 것이라고
단정 짓지 말자
먼 거리를 달려온 배 한 척 고향에 머물러
새우등처럼 휘어지는
은빛 햇살을 바다에 못질하며
수평선 끝에 걸어두었던
고래의 울음을 향해
물속 깊숙이
뿌리내리고 있는 것이다

푸석하게 말라가는 인생이라고
말하지 말자
그리움이 그리움과 마주 보며
하나로 뒤엉킨 등나무처럼
바다와 닮은 빛으로
앙상한 세월과 손잡고
물 위에 뿌려진 시간의 속도로
천천히 유영하다 자신을 정박하는 것이다

홍역

굿이 끝나면 할머니는
격자문에 소금을 뿌렸다

가시덤불 속에서
현실로 나가는 길을 잃어
슬픔의 또아리 틀고 있을 때

탁탁 창호지 치는 소리 따라
슬픔을 절이며
꿈속을 벗어나곤 했다

상처가 아문다는 것
계절의 끝에서
풀들은 돌돌 말리며 질겨지는 동안
물컹한 울음을
바람의 손등에 흘리고 있었을 것이다

슬픔이 옮겨가는 동안
황홀한 아픔을 겪지 않은 사람
어디 있겠는가

흑백사진

꽃이 피어 있는
풍경을 만지며 나는
왜 고통을 꺼내고 있을까요
익숙해진 고통을
들여다보니
아득한 시간들이 묘사되어
꽃 지는 풍경 속에 갇혀 있네요
나도 저 꽃들처럼
누군가의 풍경에 머물며
아픔이 되어 있을지도 모르겠네요

추억

아픔이 너무 커
불현듯 찾아가 소리 지르다가
털썩 안길 수 있는
푸른 바닷가가 있는가

이십 년쯤 지나
아니 오랜 세월이 흘러도
간직하고 있던 모래 알갱이라든가
스멀스멀 기어 다니는 작은 소라게라든가
그런 자잘한 이야기를 간직하고 있어
인생의 한 모서리를
둥글게 갈거나
파도에 말끔히 씻어야 할 때
햇살처럼 빛나게 닦아주는 맑은 바다가 있는가

그런 바다가 있다면
슬픔이 하염없이 깊어지는 계절일지라도
봄날에 피어나는 봄꽃처럼
웅크리고 앉아
기다림의 시간을 달콤하게
저장하며 끄덕도 하지 않을 것인데

연
— 오랫동안 절필이라는 것을 했다

이제 그만
보내야 할 것 같다
하늘을 향한 잦은 날갯짓이 애처롭다

그리움의 줄을 너무도 오랫동안
잡고 있던 것은 너에 대한 미련이
남아 있었기 때문이었나 보다

잊은 적 없다 단 한 번도

세상엔 많은 시간들이 흘러갔고
너와 나 사이엔 줄이 존재하지 않으므로
이젠 바라볼 수가 없다

난 이제 이 큰 허공을 어떻게 채울 것인가
네가 있던 자리로 올라가 천천히 부서질 것인가
악착스레 나부낄 것인가
그도 아니면 내가 서 있던 현실과 타협하며
같은 색으로 물들며 살아갈 것인가

• • • • • • 나무의 시뮬레이션

3
나무의
시뮬레이션

밤이면 잘박잘박
물결 위에서
슬픔도 아픔도
녹일 것 같은 달빛과
몸 뒤척이다 썩지 않을
소금물에 새끼를 낳아
카리브 해변을 푸르게
감싸는 숲이 되고 싶었다

• • • • • • 나무의 시뮬레이션

강낭콩 다섯 알

관찰일기를 기록하라고
학교에서 보내온 콩 다섯 알
화분에 심어놓고
방충망 사이로 주름진 바람을 불러본다

그늘이 살던 베란다에
잠깐씩 찾아드는 햇살도 고마워하며
아이는 쌍떡잎을 그리고
본 잎을 그리고
연보랏빛 꽃을 그리고
꼭꼭 눌러가며 꼬투리를 그려나간다

대견하게도 콩들은 한 생을 살아낸다

따스한 손길이 드문 공간에서
자신을 닮은
네 알의 콩까지 생산한 비쩍 마른 누런 콩대

환갑이 지난 선생님은 아이들에게
따사로운 햇살이 가득한 푸른 콩밭을
마음에 가꾸게 하셨다

경작(耕作)

마음에 텃밭을 가꾸기 시작한 것은
약수터에 모여든 사람들에게 산수유가
노랗게 재잘거리며 피어나던 봄날이지요
산과 길이 만나고
아파트가 마주 보이는
상수리 잎과 소나무 잎이 수북이 쌓여 있어
보일 듯 말 듯한 곳의 고들빼기
옹기종기 윤기 나는 푸름을 당당히
찬바람에 내밀고 있었지요
산을 오를 적마다 슬쩍 데쳐
고추장에 조물조물 무친 쌉쌀한 맛과
된장에 한 해쯤 묵혀 깊어진 맛을
생각해 보았어요 하지만 손을 대보지도
몇 뿌리인지 세어보지도 않았지요
마음에만 담아 키우는 그 알싸한 맛에
산의 마음을 조금은 알 듯도 했지요
산을 오르는 할머니들도 나와 같은 마음이셨을까요
산에 앵두나무, 사과나무, 개나리꽃을 심으시고
의자까지 구석구석 심으시는 것을 보면
산의 가장 부드러운 곡선을 닮아가는
기름진 흙과 같은 마음이실까요

오래된 삶

산을 쓸고 다니던 비쩍 마른 나뭇잎
저토록 오래 걸으면 다 닳은 낡은 양말처럼
핏줄기 드러나는 몸이 되는지

가끔은 의자에 앉아 마을 풍경을 읽고
느린 걸음과 빠른 걸음을 헤아리며
길 위에 서 있는 어린 나무에게 용기를 주고

나무와 나무 사이에 텅 빈 계절이 자라
슬며시 끼어드는 딱딱한 콘크리트 그림자가
길게 누워도 괜찮아

천천히 얇아지고 작아진 것들의 생애가
나무를 키우고
자꾸만 낮아지는 산에게 용기를 주고
그리하여 봄바람에 밀려
천천히 걷고 있는 것들은
언제나 강한 힘을 지니고 있으니
산은 오랫동안 빛날 것이니

단풍

바람 불 때마다 한바탕
철 지난 옷 정리하며
수선 떠는 여자

초록의 능선에서
하다*를 흔들며 춤을 추는
티베트의 여인

평생 절골을
벗어나지 못하고
붉은 고추밭에서
어지러운 노을빛을 안고 있는
칠순의 어머니

붉지도 못하고
추락하지도 못하는
아파트 베란다에 심어진
초록 담쟁이의 퍼포먼스

어제와 같은 옷을 입고
추운 것도 더운 것도 느끼지 못한 채
담쟁이만 바라보는 불혹의 여인

*하다(哈達) : 티베트의 몽골족이 경의나 축하의 뜻으로 쓰는 흰색, 남색,
 황색의 비단수건

만물

건들바람 해찰대는 낮결
도리암직한 계집아이
나슬나슬한 머리 살랑대며
엉그름 같은 녀름지슬아비*의 손을 놓고
능금 밭으로 폴짝 뛰어든다

발그레한 능금 알에 몽니 부리러 왔다가
모꼬지하는 햇살들
넘실넘실 광주리에 가들막하고

방동사니 풀을 밟고 앙감질하며
나부시 내려앉은 가지에서
발그레한 능금을 당차게 따
볼가심인지 샘바리인지
옹골찬 능금 속살 달큼하게 베어 물고
해낙낙하며 풋머리 같은 밭을
잇자국 선명한 그 밭을
작고 투명한 두 손으로 가볍게 들고 있다

*녀름지슬아비: 농부의 옛말

오서산

오서산에 올라 막걸리 한 잔에
낯 붉어 단풍이 드니
보인다
삶은 낮은 자세로 멀리 있는
숙련된 시간들을 기다려야 한다는 것

짧은 기다림에 지친 나는
하늘 가까이 올라
슬픔과 혼합된 한계를
억새가 흩어지는 골짜기마다 풀어놓는데

산은 가을바람에 찰랑이던
화려한 묘사들을 모두 털어내고
나무의 잎맥을 타고 흐르던 찰랑이던 물소리와
새들의 날개에 맴도는 공명과
시간의 내재율까지 하얗게 쌓아가고 있었다

산수유 꽃

사람이 많은 산에는
수다스러운 꽃이 핀다

살금살금 귀를 열어
모아두었던 이야기
꽃잎마다 숙덕숙덕 매달고

산을 오르던 사람들이 흘린
길 위의 웃음
노란 수술마다 올망졸망 매달며
산수유 꽃은 핀다

꽃샘잎샘 추위에 파랗게 질린
제 발목은 아랑곳하지 않고
갓 시집온 부끄러움 많은 봄 햇살에
온종일 창문을 굳게 닫고 있던 노인에게
살갑게 속말한다
자글자글 실랑이를 한다

다정한 사람을 닮은
꽃이 피는 봄날에는
마을도 벅신벅신 술렁술렁거린다

나무의 시뮬레이션

맹그로브가 되고 싶었다
해가 지는 시간이면 텅 빈 뿌리부터
줄기를 지나 잎 가장자리까지
소신공양하듯 붉게 물들고 싶었다
밤이면 잘박잘박 물결 위에서
슬픔도 아픔도 녹일 것 같은 달빛과
몸 뒤척이다 썩지 않을 소금물에 새끼를 낳아
카리브 해변을 푸르게 감싸는 숲이 되고 싶었다

혹시, 내가 버리는 저 종이가 맹그로브는 아니었을까
눈물 한 방울에 온몸이 슬픔에 젖기도 하고
연필깎이를 돌리듯 마음의 중심을
한 바퀴 돌리어 뾰족하게 날을 세운
회오리 같은 말들을 오랜 세월 견디어내고,
게 발톱처럼 날카로운 펜으로 굵고 긴
사선의 상처를 여러 겹 만들어도
우직하게 참아내는 것을 보면,
소금밭보다 지독한 말들의 땅에서
순백의 침묵과 꼬물꼬물한 언어들을 키우는
인토(忍土)의 숲에서 자라던 맹그로브 나무는 아니었을까

살구나무

발걸음이 가벼웠지요
세탁된 빨래 바구니 들고
베란다까지
부푼 햇살처럼 톡톡 튀었지요
오늘은 시름시름 앓고 있던 살구나무
한여름 뙤약볕에서도
여린 살점 꺼내며
입이 작은 송충이에게
깃털이 부드러운 새에게
스멀스멀 간지럼 태우던 개미에게도
선홍의 젖을 물릴 것만 같았지요
내가 피우던 종이꽃과 어우러진
아련한 꽃 풍경이
재생될 것만 같았지요
조문하듯 몰려든 사람들에게
둘러싸여 있는 살구나무
한겨울 차가운 눈도 독이었는지
물기 빠져나간 뿌리를
창문 드나들던 햇빛이
할짝할짝 핥고 있네요

빨래 널던 자리에서
종이꽃 달던 그 자리에서
떠나는 살구나무를
슬픔의 텃밭에 꾹꾹 눌러 심고 있네요
발걸음이 너무나 가벼운 날인데요

석류

석류를 자르니
접시에 훅, 불을 붙인 듯하다
언니와 나는 화로인 양 마주 앉아
앙금처럼 가라앉은 이야기를 꺼내어 태운다
우물 맑은 집에서 자라던 석류나무와
그 집에 살던 밤톨머리 아이와
초경처럼 노을빛이 고운
선돌마을 소문까지 알알이 태우며
총총 틈 없이 부지런한
알갱이들의 선홍색 빈방만 남겨놓았다
언니와 나의 평화로운 시간들이
별의 무게처럼 가벼워져
불혹의 낮곁을 지나는 시간
석류의 마음 비우는 단맛이 된다

손금

되돌아온 길
시행착오로 돌아온 길이 너무 많다

크레타 섬의 미궁은
처녀보살 점집이 있는 골목 같아서
희망이라는 문고리 찾아다니며
위태로운 순간들 잘 버티었다
굵기도 서로 다른
얽히고설킨 실 뭉치
손안에 가득한데
얇은 은사를 놓아야
손은 비로소 자유로워진다

선인장
— 언집(言執)

투명한 현관문을 열면
기다란 혀가 기어 나온다
길어진 혀는
허공의 한 부분

언제부터 돋아났을까
그녀가 새순이었을 때
허공을 찌른 적이 없었다

그녀의 부피가 커질수록
녹색의 두터운 가지들이 늘어날수록
곁 자라는 어린순을 찌르고
침묵하는 허공을 찌르며
끝없이 자랐다

정물화처럼 건조해져 가는
그녀의 언어는 향기를 잃고
나날이 시들어간다 뾰족해진다

그녀의 혀는
세상을 찌르는 차가운 가시가 되어
그녀는 점점 사막이 된다

오월에

또 이렇게 마음이 가난해졌습니다
단단한 중력에
꽃들의 그리움이 하얗게 낙화하던 그곳에서
조금씩 개화하던 나의 희망도 웃음도
꽃이 지듯 떨어집니다
초록 잎들이 성긴 그늘 속에선
톡톡 불어나는 단맛의 예감들
바람 불 때마다 풋 하고
자지러지게 웃는 저 풋풋한 그늘로
내 가난을 가득 채우면
또 며칠은 버틸 수 있을 듯합니다

일탈을 꿈꾸는 나는 무거운 날개를 가졌다

그렇게도 세상일이 힘들었던가요
그리하여 술이 삶이었던가요
찬 서리를 가득 안고 쓰러진 달이
거실에 가득 차올라
세상은 잠시 가벼워지네요
먼 길을 걸어온 나도
네 개의 다리로 이십 년 한자리를
꼿꼿하게 서 있는 식탁도
한쪽 날개가 돋아나는 듯
파닥, 일 초의 비상을 꿈꿔보아요
미치도록 가슴 시린 일들
오늘만큼은 알코올처럼 빠르게 증발해요
나 불혹이 되어
세상을 향해 자주 술잔을 들던
아버지가 된 듯하여
가스레인지 위의 찌든 때처럼
정수기에 밀려 소리를 잃은 은색의 주전자처럼
오늘은 자글자글 소리 내어 울고 싶어져요

장가계(張家界) 가는 길

6인실 기차에는 삶의 흔적들이
흥건하게 섞이고 있다

자취생활하며 맡아왔던 연탄 냄새
방황 속을 질주했던 젊은 날

얇은 이불 한 장으로
욕심을 가리고 살아온 시간들

일회용으로 구겨진 양심이
기차 속에서 알 수 없는 언어와
휘휘 섞이고 있다

현실의 인연 털어버리고
과거 속으로 잠이 드는 동안
기차는 내내 비를 맞으며 달리고 있었는지
삶의 연속인 멀고 먼 길은 덜컹이면서
또 다른 흔적을 남기며 가고 있다

장가계까지는 아직도 멀다

지팡이

누군가의 삶을
지그시 받쳐준 적이 있는가
가장 낮은 자세로
가장 반듯하게 서서
땅과 가까워져 가는
낡고 오래된 삶을
온전히 지탱해준 적이 있었는가

우영이에게

우영아
네가 걷는 길에는
많은 풍경이 함께 걸어간단다
코끝을 스치는 들꽃의 향기
이불처럼 펼쳐진 따스한 햇살
즐거운 새들의 이야기도 함께 걷지
내게 처음으로 고모라는 이름을 준 우영아
네가 걸을 때마다 발을 잡는
크고 작은 돌부리들이 있어도 괜찮아
갑자기 쏟아지는 소나기를 만나도 즐겁게 생각하렴
곧 보게 되는 찬란한 무지개가 얼마나 아름다운지
희망이란 색이 얼마나 다양한지 느낄 테니까
푸른 나무들을 잘 보아두렴
둥글게 빚은 추억은 훗날 상처 난 마음
편히 쉴 수 있는 나무가 된단다
우영아 네가 가는 길에는
세상의 많은 풍경들이 발맞추어가고 있으니
병아리 소리가 삑삑 나는 신발처럼
신나고 즐겁게 걸어가자

재방송

그녀는
남편이 출근하고
아이들이 바람처럼 학교에 가면
소파에 누워 채널 돌리며
재방송 연속극을 본다
선풍기 회전축에
시간이 걸려 빙빙 돌아가고
초점은 흐려져 아득한 공간에 멈춰 있다
지나온 흔적을 닦아냈을 구둣솔은
현관 바닥에 누워
조율되지 않은 그녀의 삶처럼
누군가의 웃음 속으로 흘러간다

냉장고 속으로 들어가지 마세요
할머니는 자꾸만 냉장고 속의
사과가 되기도 하고 푸른 배추가 되기도 하여
냉기를 몸속에 저장하기도 했는데
아무도 몰래 할머니는 천천히 직육면체의
육중한 냉장고가 되어가고 있었다

그녀는 반쯤 숨겨진
노인의 모습 속에서 할머니의 모습을 찾는다
기억을 지우는 건 또 다른 기억
세상을 살아가는 일종의 주문인지도 몰라

뒤척이는 기억을 빗질할 때
아이가 초인종을 누르고

그녀는 좁은 아파트를 밀고 들어오는
습한 바람을 닦아내고
청소기 플러그를 꽂으며
흩어졌던 한낮의 꿈을 치우기 시작한다

이제는 그녀가 재생될 차례

• • • • • • 나무의 시뮬레이션

4
선돌마을

아이들이 모두 떠난 마을에서
동부 꼬투리를 묶어가며
가난이 출렁이는 산마을을
차마 벗어나지 못하고
흙처럼 딱딱하게 굳어진 발을
타는 여름 콩밭에 묶어두고 있다

· · · · · · 나무의 시뮬레이션

고구마밭에서

베어낸 줄기마다
얼마나 많은 아픔의 언어
꾹꾹 눌러 심었으면
제 슬픔의 빛이 저리도 붉을까
슬픔의 단어들
가슴 한쪽에 자리한
텃밭에 묻어 키우다가
찬 서리 내리는 가을날
상처들을 하나씩 들추어낸다
더 이상
고통이 고통을 깨우지 않는 순간
알맞게 둥글어진 호미로
살살 긁으며 캐어야 한다
설령 깊은 상처가 생겨도
흰 진액으로 덮을 수 있을 때
꺼내야 한단다
모진 세월 끌어안고 살아온 어머니는
가난과 상처가 고스란히
매달려 나오는 고구마 밭에서
바위보다 단단한 마음을 열어 보이신다

선돌마을 1

느슨해진 푸름이 다리 밑으로
가라앉은 별들과 수런수런
이야기할 때 전설은 그 길에서 시작하지

그릇장사 하시던 할머니
달빛이 느티나무 사이에서
깃털처럼 빛날 때
호랑이 푸른 눈빛 만나 등 토닥이며
집까지 와서는 혼절하셨다는 곳

징집 명령을 피해 두엄 속에서 숨어 살았다는
큰아버지는 지금도 그 길에서
턱턱 숨이 차올라
하늘 한번 보아야 한다는 곳

공산당원을 피해 야반도주하다
다리를 잃은 윤씨 아저씨는
달빛이 흐르는 물살을 끌어안고 있는 모습에
길 멈추고 긴 호흡 했다는 곳

나를 잉태한 어머니
서너 달을 성만 꺾어 먹다 사흘 품삯 들고
시원한 냉면 생각에 시오리 길
한걸음에 달렸다는 마을 어귀

밤이 시작되는 그 길목에서 별들은
명멸하며 시간을 뿌리고 있는지
마르지 않는 시냇물엔
슬픔이 기쁨을 만나러 가듯
물살을 가볍게 어루만져주는 선돌마을
아직도 반딧불이 푸르게 풍요롭다

선돌마을 2

바람 불면 푸른 원피스 같은 나뭇잎들이 흔들렸다

선돌마을 여자아이들은 아홉 살쯤 되면
민소매로 산을 샅샅이 훑으며
오십 장을 마주 포개어 칠십오 원 하던
떡갈잎을 찾아다녔다
햇빛을 태우던 여름 속을
발을 꽁꽁 묶어두던 산골 마을을
벗어나고 싶었던 아이들은
바다를 건너가는 갈잎처럼
열다섯 살이 되기 전에 솔솔 사라져갔다

읍내 직물 공장으로
영등포로, 대구로 사라졌던 아이들은
명절이면 하얀 얼굴에 높은 구두를 신고
양손에 선물을 가득 들고 왔는데
원더우먼이 빙글 돌면 변신하듯
사람의 모습을 바꾸는
환상의 도시에서 살고 있다고 생각했다

흰 앞치마를 둘둘 말고
바람을 지휘하던 어머니가 콩밭에 앉아
누렇게 말라가는 삶을 훑는다
아이들이 모두 떠난 마을에서
동부 꼬투리를 묶어가며
가난이 출렁이는 산마을을
차마 벗어나지 못하고
흙처럼 딱딱하게 굳어진 발을
타는 여름 콩밭에 묶어두고 있다

선돌마을 3

그녀의 뒤란에는
늘 꽃이 가득했지
지금도 연분홍 뒤란이 여전할까

햇살이 손끝으로
꽃을 피운다고 말하던
마님으로 불리던 그녀는
교생 실습하던 날
한 아름 작약 꽃을 건네주셨지

양 날개를 파닥이던 기왓장엔
명아주, 괭이밥이 흩어 자라고
마작을 일삼던 서방의 얼굴처럼
지붕에는 빗물에 패인 자리가 늘어만 가는데
문마다 뒤틀린 열아홉 칸 방을 날마다
등 굽은 실바람으로 건너다니며
홀로 청소를 하시겠지

이월에는
마실 나가던 발걸음을 멈추고
뒤란에 볏짚 곱게 깔며

오늘일지 내일일지
붉게 올라올 어린 것들 바라보며
그리움을 토닥이고 있으시겠지

설날 아침에 듣다

풀빵이 그렇게 맛있는 줄 처음 알았지
아홉 식구 한 끼의 식량인
보리 한 되 책가방에 넣어
풀빵 서른 개와 바꿔 먹고
붉은 노을이 볏짚 사이로 스며들 때까지 놀곤 했지
학교 가기 싫은 날
옆집 누이 젖가슴처럼 말캉한
홍시를 따 먹으며
감나무에서 반나절을 보내고 있는데
천둥 같은 아버지 소리에
두엄 위로 곤두박질쳤지
똥물 먹고, 자라 먹고 죽다 살아나
오늘까지 버티고 있는데
자식 놈 키우는 게 쉬운 것은 아닌지라
내 성질대로 할라 치면
고놈이 나처럼 중학도 졸업 못할까 봐
꾹꾹 눌러 다지며 사는디, 환장하지
성묘길에서 밑동만 남은 감나무에 앉아
녹지 못한 시린 겨울에 발목을 적셔 보았지

어머니

당신은 얽힌 털실 풀어가며
그리움으로 옷을 짜고
청올치보다 질긴 인생
한 올 한 올 넣어가며
양말을 짜고

눈길 접어 오시는
임의 모습 헤아리다
지새우는 겨울밤
길고 긴 그리움을 감아가며
겨울을 뜨개질하시더이다

백발이 성성한
고희(古稀) 된 나이에도
소나무 껍질처럼 거친 손으로
당신의 삶을 짜고 계신 줄 알았더니

인생의 바구니에 담긴
평생을 짠
옷 한 벌을 펼쳐보니
그것은, 당신의 것이 아닌
나의 것이더이다

장날

초하루, 엿새
닷새걸이 장이
우리 동네에서 열리면
제민천 둑길 따라
시끌벅적했었지

칭얼대는 어린것 매달고
나물 파는 아낙 옆에
엿장수 가위 소리
허공에 춤추며 흥을 돋우었지

푸성귀와 실랑이하던 비린내가
하나 둘 파장할 때
떠돌이 장사꾼은 보따리 꾸려
막걸리 한 잔에 목을 축여도

시골 아낙은
중학에 다니는 딸년 학비 걱정에
한 무더기 나물을 팔기 위해
어둠이 발끝에 떨어져도
일어설 줄 몰랐지

장날
초하루, 엿새
희미한 뻐꾸기 울음소리에
달그림자 밟으며
종종걸음치던
억새풀처럼 살아온
시골 아낙의 꿈이 있었지

뚝배기

차가운 햇살에
쩡쩡 갈라진 마음
마루 끝에 앉아 쬐고 있는
명절 연휴 마지막 날
친정어머니는
장독대에 엎어두었던 뚝배기를
신문지로 둘둘 말아
말없이 쌀자루 속에 넣어주셨다
뚜껑도 잃어버린 텅 빈 마음이
무엇을 담아 끓여낼 수 있을지 궁금하였지만
무거운 돌 하나가 마음을 짓누르는 날에
모래알같이 메마른 언어들이
사정없이 부딪치며
상처를 내고 있는 날에
긁히고 이 나간 어머니가
은근한 온기로 오랫동안 위로해주곤 하는데
따뜻한 찌개 한 그릇에
독을 품었던 마음이
일순간에 녹아들곤 하는 것이다

새벽 다섯 시

내리 딸 넷을 낳고
가새* 점쟁이의 지시로 어머니가
계란을 땅에 묻으러
산에 오르시던 시간이다

어둠이 대나무 사이를
슬금슬금 빠져나가고, 간혹
산 위에 홀로 서 있던 소나무가
오래된 사찰의 심우도 배경으로 단단하게
굳어지기도 하는 시간이다

새벽과 아침 사이
뒷간 옆에 자라던 복숭아를
뚝 따 차가운 개울물에 휘휘 씻어주던
결핵을 앓던 고모를 위해
처음으로 새벽기도를 가던 시간이다

떠오르지 않는 시어를 찾아
책상에서 연필을 깎아내듯
내 자신을 깎고 또 깎는 시간이다

*가새 : '가위'의 충청도 방언

수세미*

오래된 사랑은 햇살이 차단된
곳에서도 자라고 있는 것일까
그늘도 때로는 아늑함이 된다는 것을
수세미 밭에서 알게 되었지
저문 가을날
가슴 한쪽부터 썩혀오다가
유리처럼 날카로운 얼음 뚫고
껍질 벗으면 하얗게 드러내던 실체는
세상과 통하는 길을 열어놓으신
아버지의 모습이었지
수세미 공장 딸이었던 나는
순하게 맨살 닦아주던
아버지의 몸속을 수없이 드나들던 개미이어서
찬바람 물고 드나들던 곰 개미이어서
찰그락 찰그락 설거지하다
촘촘히 짜인 녹색의 수세미로
호탕하신 아버지의 웃음을
닦고 있는 것인지
아직도
깊이를 알 수 없는 그 길을 통해
세상을 드나들고 있는 것인지

 *수세미 : 박과에 속하는 일년생 만초

아버지의 집

오래된 집을 허물 때
그 집이 얼마나
단단했는지 알 수 있다

볏짚과 흙으로도
긴 세월 버텨온 작은 집

달구질부터
흙벽돌을 하나하나 정성스레 빚어
쌓아올린 아버지의 집을
보잘것없는 공간이라고
바람이 너무 많이 들어오는 집이라고
투덜거렸던 우리의 낙서가
얼마나 자잘한 웃음을 그렸었는지
햇살로 단단해진 흙벽을
하나하나 내리며 알 수 있었다
방 두 칸짜리의 허름한 집이
따스한 햇살들의 결집이었다는 것을

이팝나무 아래서

복잡한 세상일 몇 겹으로 접어
꾹 눌러앉은 할머니가
꽃무늬 보자기에서
앞산의 푸름을 풀어놓는다

풍만해지는 능선을
허기진 치마폭에 담아 마루에 펼치면
우리는 떡갈을 찾아
어머니가 헤매던
숲길의 아찔한 향기를 맡곤 했다

산과 들에 섞이는 싸리순 냄새를
치마 끝에 척척 감으며
장으로 바쁜 걸음 옮기시던 어머니

아파트 담 밑
할머니의 치마폭엔 산그늘이 길을 풀고
달빛을 먹어도, 먹어도 야위어가는
이팝나무 아래서
선돌마을 산 한 자락을 사고 있다

쥐불놀이

정월 대보름날
차곡히 쌓아두었던
소망들을 솔방울에 담아
불 깡통을 휘돌린다
달이 금색 실 한 올 한 올 풀어내는
강가에서 시린 마음 밤새워 다듬으면
별들도 투명하게 씻어
제 빛을 찾아가고
민들레처럼 낮게 살아
진흙탕에 묻혀 살던 것
넉넉지 못한 햇살에
피어나던 것 이제는
맑게 꽃 피우고 싶어
진달래 꽃망울 피어날 자리에
연둣빛 고운 봄 돋아날 자리에
작은 불씨 날려 보낸다
마을과 마을을 흐르는 강가에서
달빛에 기원하는 불꽃을
포물선 그리며 날려본다

큰집

강이나 호수만 산을 품는 것은 아니다

은색의 작은 대야는
겨울이 앉은 하얀 뒷산을 담고
적멸도량 같은 마루에서
담뱃재를 털고 계신 할아버지의 너털웃음도 담고
구 남매의 발자국으로 다져진
단단하고 부드러운 황토 마당도 담는다

세 살의 아이가
혹은 열두 살의 아이가 엉거주춤 걸어와
손끝으로 고인 물을 빙빙 돌리면
좁은 공간에서 서로 손을 잡고 섞이며
하늘만큼 깊어지는 풍경이 되기도 하는데

아버지가 자라온 오래된 집에서
아이들은 첨벙이는 산과 들을
작은아버지와 큰아버지의 따스운 체온을
된장이나 간장처럼 오래오래 묵힐수록
달금해지는 이야기들을
작은 가슴에 꼭꼭 품게 되는 것이다

아이들이 자라서
강이나 호수에 도착할 때가 되면
품고 있던 온기와 크고 작은 풍경들을
햇살 좋은 곳에 넘실넘실 풀어놓을 것이다

각원사

올해는 기원할 일들이 참으로 많아
진달래가 힙합 불경처럼
경쾌하게 피어나고 있는 각원사에 갔지요
청동 아미타불을 망연히 바라보다
낮은 자세로 고개 숙여 절하는 것에
익숙하지 못한 나를 자책하며
기와불사라도 할 양 계단을 내려왔지요
십자수처럼 정성을 다해 기와에 새겨놓은
소원들과 햇살 곱게 내리는 곳에서
보살님들이 풀칠하여 붙이는
연등의 붉은 꽃잎 한 장 한 장도
얼마나 숭고해 보였는지요
남을 위해 기도해본 적이 없던 나는
겨울이 다 지나간 사월에
손끝이 자꾸만 시렸지요
각원사에는 흔하게 볼 수 있는 목련도
사찰을 찾아온 사람들을 위해
흰빛 고운 색으로 축원문 총총 적어
법당 안으로 들어가는 바람에게 전하고 있었지요

5
시인의 집

늘 같은 양의 물이 고이는
맑은 우물 하나가
마음의 뒤뜰에
자리 잡고 있는 사람은
주름진 웃음 속에서도
늘 투명한 물빛이 반짝이며
출렁이는 것이다

• • • • • • 나무의 시뮬레이션

새

새는 언제나 앞을 보며 날아간다

잠시 나뭇가지에 쉬어
천천히 아득한 시선으로
지나쳐온 자신의 발자취들을 훑어볼 때
새는 뒤를 돌아본다

하늘빛이 얼마나 아름다웠는지
바람이 얼마나 매섭게 불었었는지
그 길에서 얼마나 많이 흔들렸는지

지나온 길 속에
시간을 차곡차곡 접어보며
날개의 방향을
어느 곳으로 향해야 할지
천천히 깃털을 하나하나 피면서
자신의 세로(世路)를 수정하는 순간이다

내 나이를 말한다면

서른아홉의 숫자와
함께 눕고 일어난다
누웠던 자리엔
붙어 있던 꿈들이
부스스 떨어져
빠르게 달아나고

시나이 산에서
신을 기다리는 모세처럼
사십이라는 숫자를 기다리며
나를 지탱하는 추억
그 추억을 한 스푼 넣어 차를 끓이는 오후

시간과 함께
옥 말려든 그리움이
푸르게 되살아나면
찻잔에 고이는 세월
자세히 살펴보는 나이

아직, 살아 있다
피어날 꿈들이 남아 있듯이
엷은 파장일지라도
어제와 내일 사이에서
차가운 공기를 따스하게 채워줄 수 있는 나이

단추와 나

붙박이 된 가구들
자리바꿈하다
찾아낸 동그란 단추 하나
시간 속에 가부좌 틀고
기다림을 수행하고 있었구나

거울을 볼 때마다
어렴풋한 모양새에
네가 생각나곤 했는데
동안거를 끝내고
버들가지 피어나는 냇가에서
얼굴 씻는 스님의 모습처럼 해사하다

콘크리트 건물에
뿌리 내리는 것은
바람 없는 사막에 누워
물길로 인도할 낙타를 기다리는 것
잃어버린 자아는
어디에서 찾을 것인가
오늘은 단추와 자리바꿈 되고 싶다

딸이 페미니즘에 대해 묻다

싱크대엔 어제 먹던 밥그릇이
찔금찔금 오줌소태 난 여인처럼
오물을 안고 움츠려 있다
주방의 작은 창문에 펼쳐진
푸르른 오월은
고흐의 실편백나무*처럼 한순간을
파랗게 태우고 있는데
냄비에 앉은 그을음처럼
오래오래 달라붙어
이제는 쉽게 지워지지 않는다
달처럼 지구를 돌고 돌아야
살아갈 수 있다는 나
화분 위의 멕시코 소철처럼 베란다 창문에 매달려
세상을 회유하다 열병을 앓곤 하는데
그럴 때마다 어제의 시간과 내일의 시간이 함께
나를 읽어낸다 내가 읽던 어머니의 세월처럼

*고흐의 「실편백나무」 : 1889, 캔버스에 유채, 95×73cm 뉴욕 메트로폴리탄 미술관

박제가 된 시(詩)

시 속을 유영하던 나비가
더 이상 채집되지 않는다

사과는 더 이상
자신의 살점을 허용하지 않고
밭고랑 사이에
배추들은
푸른 손바닥을
내밀어 주지 않는다

슬금슬금 간질이던
기억들은
수은에 절여져
말초신경을 자극하지 못하고
봄꽃은 지천으로 피어나지만
그 봄을 오가던
한 삶을 볼 수가 없다

사진 속 계집아이 하나
보리밭 사이에서

흑백의 나비를 잡아
출렁이며 웃는다

너와 나
유리관에 박제되면
빈 몸의 맑은 화석으로나
만날 수 있을까

감자를 받으며

시인 부부가 살고 있는
강원도 양양군에서 보내온
누런 상자를 열며
둥근 것들에 대해 생각한다

된장이며 고추장 담아
온 가족 먹기 좋게 삭히는
항아리 같은, 구석구석 손길 뻗어
어루만지는 달님 같은
둥근 모양의 감자알

하얀 꽃 활짝 핀
절골 밭을 지나며
밥보다 더 많던 감자에
눈 흘기며 토라지던,
마루 밑 가득 차 있던
감자알을 꺼내어 공기놀이하다
어머니의 호통에 달음박질하던 유년시절

둥근 것들을 먹으면서도
왜 그리 모난 생각만 했는지

푸르게 아리던 감자 맛이
지금은 포실포실 감칠맛 나는데

해풍이 피웠을 감자 꽃
바다의 넓은 가슴을 끌어안고
키웠을 그 맛에
나도 둥근 것이 되고 싶다는
생각에 목구멍이 시큰거린다

사슴벌레

한 생명이 상자 속에서
생목 냄새 풍기는 작은 나무에
존재의 무게를 얹고 있다
톱밥으로 잘게 부서진 나이테는
희망과 절망

새로운 길을 찾아야 한다는 사실 앞에서
주저앉았던 낡은 자전거는
흙을 털고 일어나
튜브에 공기를 채우고
녹슨 체인을 교체하며 다시 일어서는데

유리관의 표본처럼 굳어진 허리와
살랑이던 바람이 멈추어버린 투명한 공간에서
부어오르는 다리로
야광 같은 희망을 찾아 허우적 허우적대는
벌레의 삶은 슬픈 오기
가난한 감성 속에서 더 이상
시를 쓸 수 없을 것 같은 시인의 모습

성불사

너 알고 있니?
제비가 집을 짓기 위해 이천 번
진흙을 물어다 이천 번 게워낸다는 것을
그런데 말야
제비 집은 장대 끝에서
자꾸만 허물어졌지
입이 다 부르튼 그 많던 제비는 어디로 갔을까

꽃을 소묘하기 위해
수많은 연필 선이 스치고
수백 번 꽃을 보아야 한다는 거
꽃들은 퀭한 모습으로 말라가면서도 향이 나지만
천 년을 버텨낸 종이 속의 화려한 꽃들은
향기가 없다는 거 알고 있니?

너 괜찮은 거니?
퉁퉁 불은 발이 육중한 삶을 지탱하며
미완성의 불상을 남긴 채 떠나는 세 마리의 학처럼
결코 완성될 것 같지 않은 나의 풍경화
자꾸만 발에서는 썩은 사과 향기가 풍기는데
괜찮은 거지

살구꽃

아파트 입구에 꽃이 핀다

실핏줄들 모아 가지마다 피우는 꽃
꽃잎에는 늙은 낙타의 눈빛처럼
슬픔이 어린 듯,
만년의 기쁨이 새겨진 듯
조각조각 날개가 파닥인다

십 년을 꾸려오던
수세미 공장 문을 닫던 날
옆집 살구꽃을 한 주먹 따 먹고
밤새 배앓이하던 나를 끌어안던 어머니
새벽부터 남의 집 일을
늦은 밤까지 다니셨다
삼월의 고운 햇살 속에서
어머니의 손에는 껍질이 한 겹 한 겹 더해가고
얼굴에는 자꾸만 버즘꽃이 피어났다

따뜻한 햇살 아래 살구꽃이 핀다
꿈에 젖어 있는 날개를 수선하는
나의 이기심에 두 아이는

대롱대롱 가지에 매달려
많은 날 버텨내고
몸속 수액을 다 전하지 못하는
나는 구겨진 종이꽃이 된다

석양에서

꽃

새의 날개를 잠시 빌린 제비꽃이 피고
기어 다니며 위치 이동을 배우는 어린 조카의
나슬나슬한 배냇머리 같은 민들레 피어
황혼이 진실한 빛을 풀었으니
나비의 날개가 한련 잎처럼 푸른 멍이 들었어도
이곳, 모래알로 쌓아올린 도시로 날아오고 있을지도 모를 일이다

바람

붉은 해가 나무에 앉아 느긋하게 몸을 털고 있을 무렵
노쇠한 바람은 길을 잃지 않으려고
부지런히 복잡한 간판을 읽고
노을을 빗질하며 골목을 돌아온다
나무는 여전히 짧은 바람의 생애에도 흔들릴 것이다

시

도시의 해거름에
모든 감각을 잃어버린 나는
매끄럽게 닦여진 길 위에서 손잡아주는 풍경들을 보며
풀꽃과 바람이 황혼으로 물들어가는 풍경이 되어
발걸음이 무거워 고개 숙이는 사람들
두 손 꼭 잡아주고 싶다는 발칙한 상상을 한다

시인의 집

햇빛이 잘 드는 커다란 집일지라도
물길은 쉽게 허락하지 않듯
사람의 마음에도
심정(深井)이 누구에게나
있는 것은 아니다

상수리나무 잔뿌리들이
가슴 밑바닥까지
뚫고 찾아와도
넉넉하게 퍼주는 우물은
심정(心情)이어서
찾아오는 사람마다
빈손으로 보내지 못하는 어머니처럼

늘 같은 양의 물이 고이는
맑은 우물 하나가
마음의 뒤뜰에 자리 잡고 있는 사람은
주름진 웃음 속에서도
늘 투명한 물빛이 반짝이며 출렁이는 것이다

이유

내 곁에서
속절없이 말라가는
로즈마리 화분을
사철나무 그늘에 내려놓고
꼭꼭 물을 주며 맡아왔던
너의 향기 때문에
차라리 눈을 감고 말았다
수수알 같은 붉은 열매 익어가는
푸른 숲을 서성이다
이름 없는 풀씨 하나
그 화분에 뿌리 내려
도란도란 향기 나누며
싱싱한 언어로
다시 살아난 모습에
이제는
그리워하지 않을 거라고
다짐하고 있었다

시, 너와 이별하고 난 후에

장마

연필 깎는 소리가 더욱 또렷하다
오늘은 연필의 행로가 한 가지 더 추가된다

유리창에 달라붙은 시선의 끈적함
그릴 것인지, 쓸 것인지
생각할 것인지, 무시할 것인지

집요하다
시선은 고정되고
옥수수밭 파도 소리 거세지고

조이고 당기던 일상 속에서
빗방울의 직선은 윤활유처럼 때로는 부드러워진다

장미 향수가 쿰쿰하게 누눅해져 오면
장지와 검지 사이에 연필을 고정시킨 채
담기는 그릇 따라 모양이 변하는 비가 되어
빗속으로 흘러들어 간다

편두통

어느 순간
쌓아두었던 쓰레기를 버리듯
차곡차곡 쌓여 있던 그리움들
버려야 할 때가 있다

반란,

안구 속의 세포들이
나를 흔들 때
으스러지는 풍경들
까맣게 불태울
그 시간 즈음

낚싯줄에 걸린 빙어처럼
강물의 속마음
은비늘에 새기어
투명한 얼음과 슬픈 발자국 사이에서
돌아갈 길을 찾고 있다

나를 버려둔 채로

일출

졸리운 눈 비비며
널 찾았지
너는 여전히
어둠의 그물로
붉은 일상을 건져 올리며
맑게 웃고 있었지

그리워
밤새워 달려온
나에게 주는 위로인 것을
짙푸른 바다가
잔물결로 전해주었을 때
그때서야 알았지

외로움을 품고
살아가는 것은
모두 마찬가지
때때로
남아 있는 상혼(傷魂)을
청어 빛 물살에
투명하게 씻어주는 것이지

약속도 없이
불쑥 찾아와
두 팔을 벌리는 것은
가슴에 너를 품어
일몰의 순간까지
타오르는 붉은빛으로
살고 싶은 것이지

내 안의 숲에서

수액이 가을 잎처럼 바삭하게 말라가는
나를 핥으며
나는 어둠을 찍고 있다

너는
아주 오랫동안
바람을 손에 쥐고 고요한데

그리움의 시간들을
너에게로
깊숙이 뻗으면
나이테로 돌아와
가슴을 쩍쩍 울린다

오늘도
허공에 뿌려진 너의 이름을
쥐었다, 놓았다
반복하며 살아가고 있다

불혹의 노래, 사유(思惟)의 깊이와
여백(餘白)의 조화, 그 목소리
— 김병손의 시

손희락 (시인·문학평론가)

1. 이미지 구성 및 메시지의 특징

김병손의 시집 『나무의 시뮬레이션』에 수록된 시편들은 스타일이 엇비슷한 시를 쓰는 시인들과는 구별되는 독자성(獨自性)을 보이면서 언어기호의 집을 탄탄하게 짓고 있다는 것을 확인할 수 있다.

시의 위의(威儀)가 사라지고, 언어유희의 공해 속에서 시가 남발되어 일회용 소모품으로 전락하는 때에, 전통 서정시의 문법을 확인할 수 있는 좋은 작품을 만나서 흐뭇하다.

시야에 확보된 현상이나 사물을 깊이 관찰한 후 진리적 메시지를 적출하는 언어의 연금술사와 같이, 감칠맛 나는 시어를 구사하며 독자들과 소통을 시도하고 있다.

굿이 끝나면 할머니는
격자문에 소금을 뿌렸다

가시덤불 속에서
현실로 나가는 길을 잃어
슬픔의 또아리 틀고 있을 때

탁탁 창호지 치는 소리 따라
슬픔을 절이며
꿈속을 벗어나곤 했다

상처가 아문다는 것
계절의 끝에서
풀들은 돌돌 말리며 질겨지는 동안
물컹한 울음을
바람의 손등에 흘리고 있었을 것이다

슬픔이 옮겨가는 동안
황홀한 아픔을 겪지 않은 사람
어디 있겠는가

ㅡ「홍역」 전문

　이 시는 5연의 자유시로, 굿거리 이야기로 시작하여 주제에 접근하는 독특한 기법을 보여주고 있다. ‘홍역’이라는 제목 속에는 ‘슬픔’과 ‘아픔’이 또아리 틀고 있어 상황은 비관적이었지만, 격자문에 소금을 뿌리는 할머니의 샤머니즘 행위로 슬픔은 종결되거나 이동된다.

　‘홍역’이라는 시의 주제를 감추어둔 채 진술된 내용만 드러낸다면, 독자들은 시인이 무엇을 이야기하고 있는지 그 속뜻을 유추하기 쉽지 않아 보인다. 그러나 시를 구성하고 있는 각 연의 장면들은 상황을 카메라로 찍은 듯, 생생하게 재생되고 있다.

　굿거리로 시작되는 언어의 표현이 구체적이고 생생한 까닭에 독자와의 간격을 좁히고 의미를 소통하는 데 무리가 없어 보인다. 생존한 인간이면 누구나 앓고 있는 ‘가슴앓이’를 중심으로 시를 쓰면서, 전혀 상관이 없어 보이는 듯한 굿거리 이야기를 끌어와 전개하고 있는 시적 발상이 독특하다.

　시의 주제와 전체적인 이미지 구성이 마지막 부분에서 ‘황홀한 아픔’으로 변주되어 처리되고 있다.

　　내리 딸 넷을 낳고
　　가새 점쟁이의 지시로 어머니가
　　계란을 땅에 묻으러
　　산에 오르시던 시간이다

　　어둠이 대나무 사이를

슬금슬금 빠져나가고, 간혹
산 위에 홀로 서 있던 소나무가
오래된 사찰의 심우도 배경으로 단단하게
굳어지기도 하는 시간이다

새벽과 아침 사이
뒷간 옆에 자라던 복숭아를
뚝 따 차가운 개울물에 휘휘 씻어주던
결핵을 앓던 고모를 위해
처음으로 새벽기도를 가던 시간이다

떠오르지 않는 시어를 찾아
책상에서 연필을 깎아내듯
내 자신을 깎고 또 깎는 시간이다

−「새벽 다섯 시」 전문

이 시 역시 사유를 함축한 독특한 발상으로 쓰였다.

각 연에서 나타나고 있는 상황들은 제각각 다르다. 첫 연에서는
어머니가 아들을 낳기 위해 계란을 묻으러 가는 시간, 둘째 연에서
는 소나무가 뿌리를 단단하게 내리는 시간, 셋째 연에서는 결핵을
앓던 고모가 등장하면서 그를 위해 기도하던 시간으로 설정되어 있
다. 결론에서 화자는 시어를 찾아 뼈를 깎는 창작의 시간, 자아성찰

의 시간으로 '새벽 다섯 시'를 소개한다.

이런 시적 구성이 이미지의 혼란을 일으키는 단점도 있지만, 화자는 노련한 기교로 그 약점을 극복하고 있다. 각각 다른 상황들을 구슬을 꿰듯 연결시켜 자신이 의도하는 '새벽 다섯 시'로 묶는다.

이 시의 묘미는 시간의 중요성을 부각시키는 동시에, '하루'라는 일상의 소중함을 무리 없이 인식시킨다는 점이다. 결론에서 시어를 찾아 깨어 있는 자신을 등장시켜 마무리함으로써, 이른 새벽부터 늦은 저녁시간까지 최선을 다하는 삶이어야 한다는 자아성찰에 대하여 환기시킨다.

김병손의 시는 이미지의 병치와 결합이 자유롭다. 흩어지는 듯하면서 하나로 모으고, 하나로 모은 듯하면서 각 연의 이미지는 흩어져 제 목소리를 내고 있다. '어머니' '고모' '자신'을 묶기도 하고, 흩어버리기도 하는 대단한 기교, 독특한 언어 건축술이 아닐 수 없다.

이런 시법은 현대시의 새로운 시론으로 주목받고 있는 '디지털 시의 기법'과 매우 유사하다. 한 장의 사진을 보는 듯한 선명한 상황에서 작동된 시인의 직관이 각 연의 이미지로 형상화되고, 그 의미를 독자들과 소통·공유하는 시법이다.

결론에서 간결한 메시지를 감명 깊게 전달하는 특징 또한 그러하다. 현대인들은 깊이 생각하거나 함축된 메시지를 찾아서 장시간 고뇌하는 복잡한 것을 기피한다. 난해한 시는 외면당하고, 간결하면서 가슴에 와 닿는 이해하기 쉬운 시가 현대인들의 사랑을 받고 있다. 시적 엄숙주의를 지켜내며, 전통 서정시의 문법을 따를 수 있는 좋은 작품을 발표할 수 있다면, 독자들의 관심이나 신뢰는 집중될 것이다.

2. 삶과 인생을 관조한 사유의 깊이

김병손의 시는 삶과 인생을 관조하며 노래한다. 불혹의 세월에 갓 진입한 시인이라고 하기엔, 삶을 집약하여 노래하고 있는 노랫말의 의미가 깊고, 화음 또한 오묘하다.

일반적으로 여성들의 시는 진술에서의 아름다움이나 미학을 추구하는 경향이 있지만, 의식의 내면을 함축하는 진리적 깊이엔 한계가 있어 가볍게 느껴지는 단점이 있다.

노련하게 언어를 다룰 줄 아는 여성 시인들은 가부장적 현실에 저항하는 유머나 비속어 등을 텍스트에 등장시켜 여성의 아픔을 고발하거나 사회적인 소외를 항변하기도 한다. 그러나 남성 시인들에 비해서 조명을 받지 못하고 있는 것이 문단의 현실이다.

경주 박물관 잔디밭에는
시간을 촘촘히 걸어가며 나란히 서 있는
머리가 없는 석불님이 계시는데
우리 가족은
머리를 차례로 올려가며
사진을 찍는데, 아마도
그 석불님은 속세에 있는
자신의 모습을 확인해보라 하시는데
바닷가에서 껍질뿐인 소라를 주워
수족관에 넣어두었는데

금붕어가 들숨날숨하며
제집 삼아 살아가는데
때로는 들썩이는 물결을 피해
꼼짝하지 않고 머물기도 하는데

나를 비워 누군가 여유롭게 머물 수 있는
자리를 마련해준다는 것은
오랜 시간 바람의 회초리에
햇살처럼 부서지며
미륵불이 된다는 것인데

– 「비워두는 자리」 전문

　시인은 이 시에서 '머리 없는 석불' 같이 일부러 나를 비워두고, 타인을 위해 손해 볼 줄 아는 희생적 삶과 여백의 중요성에 대하여 역설하고 있다.

　사진만 찍고 돌아가는 눈빛들 속에서 심오한 직관으로 이 시를 형상화했다. 고요한 마음으로 사물을 바라보는 신앙이 깊거나, 사물을 관찰하여 진리를 포착하는 예리한 시각을 확보하고 있다.

　진리적 관조를 확인시켜주는 부분은 1연 7행 이하와 3연의 4행 이하 결론 부분이다. "그 석불님은 속세에 있는/ 자신의 모습을 확인해보라 하시는데" 하는 대목과 "햇살처럼 부서지며/ 미륵불이 된다는 것인데" 하며 시를 맺는 부분이다.

　여행길에서 찍은 사진을 현상한 후, 몸체는 석불이고 머리만 인간으로 나타나는 자신의 이중적 모습을 가지고 고뇌·갈등을 수반할 때 깨달음에 이른다는 것을 강조하고 있지만, 시인의 의식을 정확하게 읽어내기는 쉽지 않다.

　이 시에서 표출된 시인의 의식은 타인을 위한 희생정신이다. 언제 어디서든 목 없는 '석불' 같이 자신을 필요로 하는 존재가 있다면, 가까이 다가올 수 있도록 일부분 비워두고 싶다는 선한 욕망과 함께 오묘한 불교적 진리가 혼합되어 있다.

　여행을 떠났던 박물관에서 사진을 찍고 돌아오면서 이런 시 한 편을 완성할 수 있었다는 것은 사물이나 현상을 깊이 있게 바라보는 관조적 견지(見地)가 없이는 불가능하다. 좋은 시는 독자의 가슴 속을 끝없이 파고든다. 침묵하는 세계(석불)를 언어로 묘사하여 언어 속에 석불을 안치시킨 후, 시의 의미나 시인의 의식을 탐색하도록 유도하고 있다.

세상이 실타래처럼 엉키면서
사람의 눈에는 색이 생겼지
삼라만상을 다른 색으로 보는
또 하나의 눈
산, 바람, 바다는 안경을 쓰지 않지
꽃, 다람쥐, 노루도
또 하나의 눈을 갖고 있지는 않지
자신의 모습에 맞추어

자신의 생각에 맞추어

또 다른 눈을 갖는 것은 사람뿐

색이 있는 유리로 사람을 보기에

때론 자신의 의지와는 다르게

다양한 색으로 바뀌고 말지

유행처럼 주변을 또 다른 색으로 물들이는

사람과 사람들

투명하게 세상을 바라보는 맑은 눈을 꿈꾸지

– 「까만 안경 — 모함(謀陷)」 전문

이 시는 전체가 한 연으로 구성된 자유시이다. 21세기 세상의 현실을 바라보는 관조와 사유가 조화되어 시적 완성도를 높이고 있는 것은, 행간에서 침묵을 지키는 고요함이다. 평이한 언어, 부드러운 어조로 속삭이듯이 시를 읽는 마음을 사로잡는다. 이런 부드러움과 편안함은 남성에게서 찾기 어려운 여성시의 특징이라고 말할 수 있다.

화자는 이 시에서 '까만 안경'의 실체를 부각시킨다. 까만 안경은 사람만이 쓰고 있다고 해학적으로 뒤틀고 비꼬면서, 자연 속의 사물(산, 바다, 바람, 꽃, 다람쥐, 노루)을 등장시켜 인간과 대조한 것은 김병손의 시적 역량을 유감없이 보여준다. 결미에서 편견의 안경, 시기·질투의 안경을 벗고 세상과 인간을 맑은 눈빛으로 바라보고 싶은 염원을 담아 시를 맺고 있다.

시력이 나빠 돋보기를 쓰고 있거나 아니면 선글라스를 끼고 도심을 활보하고 있는 대중들을 시적 모티브로 삼았지만, 이 시가 현대인들을 향하여 회초리로 파고드는 것은 활을 떠난 화살처럼 파괴적 효과를 지닌다. 물고, 찢고, 삼키며 자기의 유익을 위해 타인을 죽이는 '까만 안경'의 실체가 이 사회를 병들게 하고, 황폐화시키고 있기 때문이다.

김병손의 언어는 차분하다. 자기 독백적이어서 독자로 하여금 거부감 없이 소화시키도록 유도한다. 깊은 사유에 비하여 목소리의 외침이 부드럽기 때문인데, 그 부드러움이 화자만이 갖는 시적 매력이 되어 딱딱하게 굳어버린 현대인들의 마음 밭을 적시는 단비의 역할을 하면서 스며들고 있다.

3. 탐욕을 초월한 여백의 미학

현대인들은 자기 자신에게 쫓겨서 안개 속의 미로를 휴식 없이 헤매고 있다. 오직 잘 먹고, 잘 입고, 잘 살아야 한다는 탐욕과 집착의 포로가 되어 스스로 무거운 멍에를 짊어지는 노예가 되어 있다.

앞에서 일별한 시 「새벽 다섯 시」에서 "산 위에 서 있는 소나무가 오래된 사찰의 심우도(尋牛圖)를 배경으로 뿌리를 깊이 내린다"고 표현하였다. 「심우도」는 인간의 본성을 찾아 깨달음에 이르는 과정을 묘사한 불가(佛家)의 작품이다. 여기에는 '소'와 소를 치는 '목동'이 등장하는데, 진리적 공(空) 개념이 작품 속에 투영되어 있다.

화자의 시편에서 영과 육이 갈등하고 충돌하는 작품들도 더러 있지만, 영과 육의 화해로 탐욕을 비우고 해탈의 길을 걷고 있는 여유로움, 진정한 삶의 여백이 작품 속에서 감지되기도 한다.

손바닥 같은 플라타너스 잎이 떨어져
내려앉은 늦은 가을
뼈다귀 해장국을 시켜놓고
걸쭉한 국물에 녹아난
시인의 삶을 이야기 삼아
독하게 올라오는 소주를 마신다

자갈이 길게 풀어진 철로 위엔
물뱀인 양 기차가 바다를 향하고
시작도 끝도 보이지 않는
빈 철로엔 습관처럼 가을이 가고 있다

철로가 보이는 해장국집에서
수필을 쓰는 그녀와 시를 쓰는 나
세월을 풀어 후루룩 마시면
시원히 씻기는 그리움의 덩어리들
제 살을 녹여 다 내어주고
뼈다귀로 남겨진 시인의 인생처럼
오늘 난 누군가를 위해 살아가고 있는지

－「해장국집에서」 전문

늦은 가을, 수필을 쓰는 친구와 술을 마시고 있는 시적 상황이다. 이 시에서 삶의 여백이 감지되는 것은, 탐욕을 초월하고 있는 심적 상태가 선명하게 다가오기 때문이다. 한 잔 술을 마시며 그들이 풀어내는 이야기의 화두(話頭)는 돈도, 명예도 되지 않는 시에 대한 절망이거나, 여자로 태어난 운명적 삶에 대한 것이거나, 아니면 그보다 깊은 종교적인 탐구인지도 모른다.

어떤 주제로 대화를 나누었든지 간에 시인이 인식하고 있는 것은, 한 그릇 해장국 속에서 제 살을 내어주고 뼈다귀로 남은 것 같은 공(空) 개념이 아닐 수 없다. 「심우도」에 등장하는 소와 목동 같이, 수필을 쓰는 친구와 진리를 추적한다. 그러나 몇 잔 술에 취하도록 손에 쥐어진 결론은 없다.

불혹에 이른 나이, 아직 젊다면 젊은 나이이지만 시인의 종교적 불심이나 삶에 대한 목표는 확고하여 이 세상의 물질적인 탐욕에서는 벗어나 보인다. 수필을 쓰든, 시를 쓰든, 절간에 엎드려 백팔 배를 하든, 육신이 영혼을 지배하는 고뇌에서 탈피하지 않고서는 삶의 여백, 진정한 자유를 누리며 아름다운 목소리로 노래할 수 없기 때문이다.

해장국 그릇 안에 처절하게 남아 있는 앙상한 뼈다귀가 자아 실체와 닮았다고 인식하고 있지만, 어차피 인생은 뼈다귀로 남는다는 진리적 깨달음이 깊은 까닭에 거부의 몸짓은 요란하지 않고 수용하고 있다.

누군가의 삶을

지그시 받쳐준 적이 있는가

가장 낮은 자세로

가장 반듯하게 서서

땅과 가까워져 가는

낡고 오래된 삶을

온전히 지탱해준 적이 있었는가

– 「지팡이」 전문

탐욕을 초월한 여백의 폭을 보여주는 작품이다.

이 시에 함축된 시인의 의식은 다양하다. '지팡이'라는 하나의 이미지가 여러 개의 진리를 함축하여 독자의 시야에 다양한 목소리로 포착될 수 있기 때문이다.

이 작품의 보편적인 해석은 '타인을 위한 희생'으로 나타난다. 누군가의 지팡이가 되어서 인생길 걷는 데 불편함이 없도록 지탱해주는 그런 역할을 하고 싶다는 소원성이 포착된다.

김병손의 시. 인생, 불혹에 부르는 깊이 있는 사유와 여백의 미학은 곧 지팡이의 역할로 변환되어, 길을 걷는 이들에게 희망이 되고, 허기를 채워주는 진리적 양식이기를 간절히 원하고 있다.

'나'라는 존재, 혹은 한 편의 시가 누군가의 지팡이가 될 수 있을 것인가. 이 의문에 대한 해답에서 평자는 조심스럽게 그 '가능성'을 인정해주고 싶다. 화자의 시는 허기를 채워주고, 갈증을 해소해

주는 역할을 하기에 충분해 보인다. 시의 주제 속에 무한한 해석의
가능성을 열어놓고, 자기만의 독특한 어조로 차분하게 노래하고 있
기 때문이다.

4. 결론 - 표제 시의 상호 텍스트적 구조

맹그로브가 되고 싶었다
해가 지는 시간이면 텅 빈 뿌리부터
줄기를 지나 잎 가장자리까지
소신공양하듯 붉게 물들고 싶었다
밤이면 잘박잘박 물결 위에서
슬픔도 아픔도 녹일 것 같은 달빛과
몸 뒤척이다 썩지 않을 소금물에 새끼를 낳아
카리브 해변을 푸르게 감싸는 숲이 되고 싶었다

혹시, 내가 버리는 저 종이가 맹그로브는 아니었을까
눈물 한 방울에 온몸이 슬픔에 젖기도 하고
연필깎이를 돌리듯 마음의 중심을
한 바퀴 돌리어 뾰족하게 날을 세운
회오리 같은 말들을 오랜 세월 견디어내고,
게 발톱처럼 날카로운 펜으로 굵고 긴
사선의 상처를 여러 겹 만들어도
우직하게 참아내는 것을 보면,

소금밭보다 지독한 말들의 땅에서
순백의 침묵과 꼬물꼬물한 언어들을 키우는
인토(忍土)의 숲에서 자라던 맹그로브 나무는 아니었을까

        – 「나무의 시뮬레이션」 전문

표제 시에서 탐색되는 시인의 자의식은 멋스럽다. 이 시에는 수많은 사물이 등장한다. 맹그로브, 소신공양, 달빛, 소금물, 카리브 해변, 연필깎이, 게 발톱, 날카로운 펜 등이다.

난해한 은유와 상징으로 시의 의미를 겹쳐놓기도 하고, 자아 관념의 세계를 일부분 숨겨놓기도 하였다.

한 편 시에 동원된 다양한 언어나 사물들이 시를 탄탄하게 구축하지만, 고뇌 없는 접근이나 섣부른 해석을 허용하지 않는다. 동시에 상호 텍스트적 구조가 의미하는 메시지는 깊다.

1연에서 시인은 "맹그로브가 되고 싶었다"고 고백한다. 맹그로브(mangrove)는 아열대 해변에서 서식하는 관목과 교목을 통틀어서 지칭하는 말이다. 시간에 따라 물속에 잠기기도 하고, 모습을 드러내기도 하면서 거대한 숲을 이루는 특성이 있다. 낮과 밤이 교차하는 동안 잠기기도 하고 드러나기도 하는 반복 현상은, 인간(나무)에게 찾아오는 행복과 불행의 교차로 해석할 수도 있고, 슬픔(고통)과 기쁨(환희)의 연속으로 묘사될 수도 있다.

스스로 맹그로브가 되고 싶다는 시인의 고백은 자신의 작품 세계 전체를 포함하고 있다.

2연 끝 부분에서 "소금밭보다 지독한 말들의 땅에서/ 순백의 침묵과 꼬물꼬물한 언어들을 키우는/ 인토(忍土)의 숲에서 자라던 맹그로브 나무는 아니었을까" 묻고 있다.

이 작품에서 화자는 나무와 자신을 동일시한다. 인생은 맹그로브 나무와 같이 물속에 잠기기도 하고, 드러나기도 하면서, 거대한 숲을 이루어가고 있다는 시인의 의식이 함축되어 있다.

김병손은 '꼬물꼬물한 언어'를 키우는 나무이다. 그의 시는 소금밭보다 더 지독한 말들의 땅(가슴속)에서 자랐다. 물에 잠겨 축축이 젖은 것도 있고, 바삭 말라 부처님 전에 소신공양하듯 타들어가는 경향도 있다. 행복과 불행, 가진 자와 못 가진 자, 건강한 자와 병든 자……, 두 모습의 집단들에 어떤 형태로든 읽힐 것이며, 거대한 세상을 바라보는 초롱초롱한 눈빛들의 사고(思考)에 영향을 줄 것이다.

등단 이후, 긴 세월 꼬물꼬물 언어를 키워 한 권의 시집으로 묶어내고 있으나, 그 가슴속에는 이미 거대한 숲을 이루고 있다. 이 시를 표제로 선택한 이유는 동시대를 살아가는 사람들에게 유익한 영향을 주는 나무(시인)가 되고 싶기 때문이다.

김병손의 시는 주제와 이미지가 따로 구축되는 경향이 있다. 주제(제목)를 감추면 이미지만으로 그 속뜻을 해석하거나 이해하기가 어렵다. 이미지 속에 등장하는 시어나 사물들 역시 다양하게 동원된다. 쉽게 쓴 시가 아니다.

하나의 이미지가 한 편의 작품 속에서, 여러 개의 비유를 중심으로 의미론적으로 변화하면서 침묵을 지키고 있어도, 시를 능동적으로 읽어낼 수 있는 독자들은 시인이 형상화하지 못한 사유의 깊이까지 삶의 양식으로 얻어 갈 수 있도록 허용한다.

시리다, 하면서
한 번도 녹이지 못한 기억이
긴 겨울의 밤길
꽃잎처럼 포개진 눈밭을
저벅저벅 걸어 나온다
눈이 쌓이는 아침
토굴 같은 방이 싫다며
그녀는 영화를 보자고 한다
버스를 기다리는 시간에
영화 상영시간은 흘러가고
그녀를 만난다는 것이
예정된 시간임을 알면서도
하얀 슬픔의 파편을 밟고
삼킬 수도 뱉을 수도 없어
날마다 자신을 찌르며
작아지는 탱자인 양
메말라가는 감성을 여민다
마흔의 허허로운 벌판에서
겨울을 보내는 그녀와
따뜻한 불빛 속에서도
자꾸만 한기를 느끼는 나
망망대해를 빠져나오는
영화 속에서 또 다른 나를 만난다

— 「불혹, 혹은 마흔」 전문

시인은 이제 불혹의 세월에 접어들었다. "삼킬 수도 뱉을 수도 없어/ 날마다 자신을 찌르며/ 작아지는 탱자인 양/ 메말라가는 감성을 여민다" 고백한다. 불혹의 고갯길을 걷다 보면 지천명의 산을 만나게 되고, 시야에 들어오는 풍경들은 예전에 보았던 그것들과는 전혀 다른 모습과 빛깔로 다가올 것이다.

불혹을 지나 걷고 있다는 것은, 인생의 진리를 깊이 있게 탐색할 수 있는 또 다른 기회 앞에 있다는 것이다.

부처의 종자(種子)를 내포한 자아 존재를 확인하고, 감추어진 진리를 노래하고 있는 시인의 목소리, 음색은 주목할 만하다. 눈으로 본 것과 가슴으로 말하려는 것의 충돌에서 오는 심적 갈등은 있겠지만, 인생길 걸어갈수록 목소리의 떨림이나 상상력에 대한 매력은 더하여질 것 같다. 김병손의 시는 독특하다. 이미지 형상화로 짓고 있는 언어의 집들은 아름답고 탄탄하다. '성공 가능성'에 대한 기대를 한껏 높이고 있다.

인연 닿은 독자들에게 정독을 권한다.